台灣，我的血點

林煥彰詩集

序詩　心中的搖籃

——為我的血點而寫

有一只搖籃，在搖晃的大海中
由一片安山岩寫成的一首詩，
用搖晃的心聲在朗誦……

在搖晃的大海中，
有一只搖晃的搖籃，它是
一座島嶼；有一個美麗的
名字，
叫福爾摩莎！

這座島嶼，是我的
血點的所在；
我的血點就滴落在
島嶼中，潔白
高高的聖山之下；
聖山的名字，我們稱它
為玉山
玉山，就是亙古的庇護
高高的，叫作
仰望

眾人抬頭，世人舉目
搖晃的，我的搖籃
在搖晃的大海中；

大海湛藍，湛藍是一床
柔軟的床褥——
我的搖籃，是搖晃的
樂土

搖晃在盛夏，在盛夏的星空
閃爍，有閃爍的夢
夢是憧憬
憧憬點亮我的人生；人生是一輩子
小小的
一輩子，滿天星斗
夜夜舉目，我抬頭
仰望

大海在搖晃，搖籃
也在搖晃
還在搖晃的我的搖籃，我的
血點中的血——
流動的脈管，千軍萬馬
奔騰，洶湧；洶湧，奔騰
我的不安的血液，一生一世
一世一生
有生生世世，世世生生
都在；

我的，我的血點
已凝固，成一片安山岩
為母親寫一首詩，
埋在湛藍翠綠的

搖籃中，讓搖晃的大海
日夜朗誦；
永遠永遠……

二〇一三年六月二十六日五點十五分，研究苑

目次

【水金九卷】

【山海及其他】

【蘭陽卷】

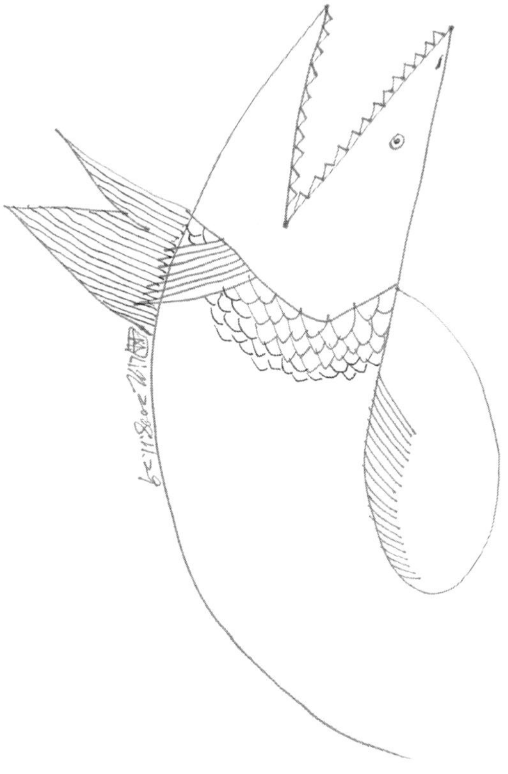

在祖先留下的土地上

——桂竹林頌，我們林家的願望

我們站在祖先留下的土地上，
心中最想說的第一句話，是什麼？
靜下來，我們要先問問自己——
你想到了什麼？

看！我們屋簷下厝腳邊的湧泉
清涼的水溝，
什麼時候缺水過？

你小時候蹲在那兒抓過的螃蟹，
現在是否還清楚記得？
我們每一家，都有一口可以照亮天空的
古井，什麼時候不是清澈豐沛——
你天天在喝，天天在
使用的水？

我們站在祖先留下的土地上，
你，又看到了什麼？

從我們每天早晚上香，兩百多年
祖先長住的祖厝；
公廳大門前，向東遙望
龜山島，永遠都在我們眼中；
請你轉個身

回過頭來，我們再向西仰望
五峰旗，也永遠都矗立在我們心中，
激勵我們，向上向善，努力打拚；
再低頭平視，看——
看我們公廳的兩扇大門
厚重的門板上，祖先兩百多年留給我們的
一幅極簡的對聯
寫著四個大字：

晴耕
雨讀

就是我們的庭訓，要我們子孫
世世代代都牢牢記住，深深
銘刻於心，你可已經牢牢記住？

我們站在祖先留下的土地上，
你知道，這塊土地叫作什麼？

吶！當然知道
那就是我們遷台第一代先人——
林添郎公命名的；桂子林。
是的，我們要大聲說出來
我們居住的所在，四季如春
日夜湧泉的
桂子林！

桂子林！桂子林！
你會再追問：桂子在哪兒？

有一暝，我做了一個夢，
夢到我們祖先告訴我：
住在這裡以及在這裡出生的，
不論他去到多遠，
我們子子孫孫，每一個都是一株桂竹；
你是一株桂竹，我是一株桂竹，
他也是一株桂竹——
我們姓林，
就是桂竹林。

桂竹！桂竹！桂竹就是好竹——
好竹就是正直；

我們站在祖先留下的土地上
我們要直直挺挺，我們就做正直的事

堂堂正正，正正當當站出來，
為地方做事，做公益的事
為國家做事，做建設的事
做出貢獻，
為子孫做出好樣，
光宗耀祖……

二〇一二年八月十五日十一點十分，為堂侄錫忠參選礁溪鄉鄉長補選而作，寫於汐止研究苑，經數度修改，於八月十六日上午九時定稿。

我揹一座山回家

——朋友送我一顆家鄉石

友情是夠重的，像一座山；
山有土，山有樹
山有水，山有石
山有看得見的無以及有看不見的有。

山是夠重的，友情也像山；
友情有淺淺小溪，
友情有悠悠江河，
友情有洶湧波濤浩瀚大海深深的暖流。

朋友送我一顆家鄉石，黑比烏金；
他二十多年了
雙手捧它，捧在手心——
搓揉有之，摟抱有之，愛孵有之，親吻有之

一顆烏金的家鄉石，叫龜甲石
乃億萬年前火山爆發的熔漿，凝結而成火層岩
乃一顆出土
曾被埋沒於億萬年前隆起的一座山巔，在雪山山脈左側
五峰旗的地底；乃有七度之堅硬
乃成一顆友誼之石。

與之相比，我乃億萬年之後
在五峰旗山脈綿延至大小礁溪龜甲石產地，

而我乃五峰旗山下一小塊田中出生之子；
朋友送我的這顆友誼之石，乃成一座
縮小的鍾山

而山下有洞，洞中有通天小徑
幽幽環繞，步步可以高升，讓我登上山頂
立於山巔，瞭望蘭陽平原，再極目遠眺
穩坐海中的神龜
又回看我佇足的五峰旗山

而山中有瀑布，瀑布有五層
有時涓涓，有時淙淙；錚錚又琮琮
在我童年晶亮的眼裡
在我已經年老還在漂泊的心中——
涓涓淙淙，錚錚又琮琮

昨天，我揹回一顆石頭
揹回我異鄉的家；我揹回的是一顆故鄉石，烏亮如金
也揹回一座友情的鍾山；
而山有多重，山也有多重
而友情有多重，友情也會有許多重！
多重的友情是夠重的，像多重的山，一重又一重……

二〇一二年七月二十一日，在回台北的首都客運上起草，
第二天早晨完成初稿於研究苑
二十六日凌晨修訂於宜蘭大姊家

附註：

大、小礁溪在宜蘭境內，係龜甲石產地；龜甲石與冬山石齊名，均為蘭陽名石。

二〇一二年七月二十一日上午，我應邀在宜蘭文學館做一場演講：〈家有小李白——如何教孩子寫詩句〉，好友陳俊仁先生曾任宜蘭市立圖書館館長，聞訊特從新竹新居趕回宜蘭故鄉前往幫我拍照，會後還送我一顆龜甲石，說他二十多年前在礁溪五峰旗山上撿到，烏亮如金；足見他長年對這塊龜甲石的鍾愛與珍藏之情，有多深！而他竟慷慨割愛，緣因我是礁溪鄉人，在五峰旗山下出生；而我何其有幸，可以擁有？感念無以復加，遂成此詩以資紀念。

礁溪公園之戀

喜歡流浪的人，不再流浪
礁溪公園，是我的愛人。

不是我想佔有；
天堂太遠，這兒的原湯
才能滌淨我世俗雜念……

礁溪，我心靈的家園。

二〇一三年一月二十七日六點五十六分，研究苑

礁溪，最後一站

周遊列國，到了
最後一站：

礁溪湯圍溝公園，跑馬古道
五峰旗瀑布，聖母山莊
林美步道；日夜環繞我
蔬菜水果甘甜，稻米清香……

我在　關公協天廟
上三炷香，頂禮膜拜。

二〇一三年一月二十七日八點三分，研究苑

走進九芎古城

——為建市七十周年的宜蘭市祝壽

攤開一張古地圖——
畫在泛黃的牛皮紙上，
我們像走進時光隧道；

二百年前，一八一〇年
我們祖先，唐山過台灣
飄洋過海，
翻山越嶺，
落腳在蘭陽；

在這塊肥沃的土地上，
畫一張藍圖，像畫一副
圓形的棋盤
如在眼前，
展開建城工程，植九芎為城

我們，祖先的祖先
我們，祖父的祖父，和在地的先住民
——噶瑪蘭人
都在這座古城的土地上
一起流下血，一起流下汗
留下腳印，留下香火——
我們，是唐山人的子孫
我們，也是噶瑪蘭人的子孫；
我們應該都是
唐山人和噶瑪蘭人的子孫

歷史告訴我們：
嘉慶十五年，一八一〇年
清廷版圖置噶瑪蘭廳，
委楊知府在廳治植九芎樹，
是建城的開端；
第二年，增建噶瑪蘭城四座城樓
第三年，在四個城門各搭吊橋乙座
我們的祖先，是漢人
也是噶瑪蘭人，
在這塊土地上
一起流下血，一起流下汗
留下腳印，
留下香火……

一直到同治七年，一八六八年
不斷有新的建設；
震平、兌安、離順、坎興
東西南北，分置四個城門
我們，要到哪兒
我們，要怎麼走
都四通八達

我們，九芎古城，原有一條護城河
一八三〇年，道光十年
通判薩廉重修廳城，開掘城濠
由東到南
正是現在舊城東路
和舊城南路；
可惜啊！可惜——

在一九七九和一九八五年，
給加上水泥蓋，鋪上柏油
人在走，車在行，路變寬了
一條被埋沒的河，在路底下無聲暗泣

我，趴在舊城東路
我，趴在舊城南路
耳朵貼在地上——
我聽到
一條河，一條祖先血汗流成的河
日夜痞咽，
日夜哭泣……

河，應該要有輕輕潺潺的水聲
河，應該要有悠游自在的魚蝦

河，應該要有婀娜多姿的水草，悠悠漫舞
河的兩岸，也應該要有楊柳青青
要有輕風拂過，要有迎風招展
要有嬉戲的笑聲

是的，宜蘭是一座古城
古城，曾經叫九芎，有九芎老樹為證
古城，曾經叫噶瑪蘭城，噶瑪蘭是歷史
歷史是一條長河，長河就像時間
不捨晝夜，在我們生命中流淌
如我們脈管中的血
我們，我們不能沒有血；
是的，古城，古城就要有一條河
我們就該要有，一條河——

一條，日夜流淌

可以親近的河……

二〇〇九年九月二十五日晨六點四十三分

十月十日修訂，研究苑

附註：

一、宜蘭建市於一九四〇年十月二十八日，日據時期（昭和十五年），將原「宜蘭街」升格，改為「宜蘭市」；今年恰好七十周年，值得全體市民歡欣同慶。

二、值此慶賀宜蘭建市七十周年，吾人應該緬懷先人建城篳路襤褸之辛苦。

三、詩中有關史實，係依宜蘭市立圖書館館長陳俊仁提供、蘭陽文史專家莊文生老師繪製「宜蘭舊城」書面資料。謹此一併致謝。

美學，從草根出發

——二〇〇九年姪女秋芳及其夫婿畫家陳永模
推動礁溪桂竹林國際村落美學有感

所有藝術，從生活開始發想
村落是先民群居、營生的基地，
孕育各種人才的搖籃；我們農家子弟的
美學啟蒙，就從草根萌芽

現代美學思潮，回歸人本思想
發掘潛在的原始創意，
展現個人智慧與結晶；凡具有強烈生命力的
創作，必能引起普世共鳴

桂竹成林，新世紀的台灣村落美學
在宜蘭礁溪桂竹林社區扎根，
我們居民群策群力；永續經營
從本土出發，邁向國際……

二〇〇九年八月十六日晨，礁溪桂竹林

文學，傳遞愛和智慧的火把

——二〇一〇與敬愛的蘭陽文學的旗手們共勉

晴耕
雨讀

是祖先留下的庭訓
寫在大廳兩扇大門
每天進進出出都能看見
我們蘭陽多雨
我們就更應該珍惜
雨天的時間
別白白浪費

文學是什麼
文學就是人學
寫人的事嘛
寫我們心中的聲音
寫我們心裡的願望
寫我們可歌可泣的事蹟
寫我們可以傳給子孫的
人性的真善美　愛和智慧

這樣的文學要怎麼寫
詩散文小說戲劇兒童文學
不分傳統或現代
不論明朗或朦朧或晦澀
每人都有自己的一枝神筆

每人都有自己的一顆金頭腦
每人都有自己的很多很多想法
每人都有自己的不同的表現
每人都該寫出和別人不一樣的作品
創作就是這麼可愛又好玩

敬愛的蘭陽文學的旗手們
讓我們一起擎起蘭陽文學的大旗
共同開創我們蘭陽文學的永世志業
我們蘭陽的文學花園裡
有辛勤耕耘的前輩
有豐沛的雨水溫熙的陽光
有肥沃的土壤
可以培育文學珍貴的花卉

在我們心中
百花齊放

蘭陽是我們心目中最後的一塊淨土
面向太平洋　背靠雪山和中央山脈
我們有好山好水
孕育善良淳樸的本性
我們蘭陽人　人人都有一顆熾熱的心
透過文學傳遞真善美　愛和智慧
祝願　年年
風調雨順　國泰民安

二〇一〇年一月七日十六點五十五分，應「蘭陽文學獎」
主辦單位邀請，為徵稿代言而寫於台北縣汐止研究苑

山那邊

——雪隧通了，但別忘了還有北宜公路可以回家……

我喜歡走山路回家，蜿蜒的
回到童年的老家；

那蜿蜒的山路，有青蔥茂密的山林
經雪山山脈，宛如騎在一條青龍背上
在雲霧間穿梭飛行

春天，沿路都可看到開滿豔紅的山櫻花和粉紅的杜鵑
夏天，沁涼的天然冷氣對著我吹散在城裡鬱積的悶氣

秋天，在綠色叢林中有叢叢飛舞的七彩楓葉向我招手
冬天，迷迷濛濛的山嵐和雲霧告訴我；回家什麼都好

我喜歡走蜿蜒的山路回家，
回到童年的老家；那蜿蜒的山路
是回到童年一種最佳的方式——

走過一座山，又一座山，又再一重山
山的那邊，我知道
有一大片肥沃的平原，有一大片豐沛的水田
有一個和天連在一塊藍在一起的太平洋
有一座神龜之島永遠守護著蘭陽的土地和人民

我喜歡走山路回家，蜿蜒回到
心靈的故鄉；山的那邊的那邊
——叫蘭陽

更重要的是，還有一個我；
小時候的我
打著赤腳，跟老牛一起耕田
牠走在前面，我走在後頭
牠比我辛苦，拖著整片大地
往前走——

我比牠輕鬆；只管扶著犁把督促牠
而鷺鷥們散落在兩旁，有吃有玩
十分悠哉，自在十分
十分幸福，好康滿滿
山的那邊的那邊……

二〇一〇年三月十九晨，整理舊作，不知哪年寫下的
草稿；九月十六上午再修訂，研究苑
二〇一〇年十二月一日，《中華日報》副刊刊載

蘭陽的驕傲

——為蘭陽博物館二〇一〇年十月十六日開館而寫

來自世界各國的佳賓，
飛魚一般，從藍色太平洋
永遠敞開的胸膛
一群群飛躍而來；我以蘭陽人最好客的姿勢
抬頭張開雙手歡迎您們
也以韋瓦第的小提琴協奏曲——
春夏秋冬四季樂章，
歡迎您們

請您們不用歪著脖子看我，
我不是傾斜倒塌的樓房；請看
那單面山礁岩，烏金閃閃
東北角海岸
我們蘭陽北關到烏石港——
特有景觀。

我滿懷歡欣，歡迎您們
面向湛藍的海洋
和神龜之島遙遙相望；
祂仰著頭，我也抬頭仰望——
我們都是蘭陽的驕傲！

我矗立在開蘭第一港——
烏石港遺址上，

生機盎然的濕地；滿面春風
展示蘭陽山海平原，
勤奮耕讀，世世代代
富饒的人文資產……

二〇一〇年九月十六日十三點四十五分，九月二十六日
修訂，研究苑

我想長成一棵棲蘭山的紅檜

——當詩人的心靈與棲蘭山的神木相遇

要是我也能成為一棵樹，
一棵紅檜，或扁柏；
我希望自己也能選擇在紅檜的故鄉——
蘭陽高海拔的雲端之上
雲霧飄渺之間

扁柏需要平坦的棲所，
紅檜在陡峭的坡地；也能成長
最好，我還是成為一棵紅檜

只要能站在向陽的地方，
我就能向自己保證；挺直腰桿

不怕冷不怕潮濕，不怕長得太慢
三十年四十年五十年，胸圍只有三四十公分
也不必著急；不必沮喪
生命可長可久，迎風接雨
可與一座大山相守
站在至聖先師
孔子的腳趾邊，抬頭仰望
看雲霧擁抱
讀日月星辰，宇宙的恆光——

是的，我長成一棵樹
一棵爬上棲蘭山上高海拔露出雲端的
欣欣紅檜

二〇一〇年十二月十一日中午寫於汐止研究苑，記二〇一〇年十二月四日，首度拜訪自己故鄉宜蘭棲蘭山神木區有感。

附註：

棲蘭山神木區樹齡大多兩三千年以上，皆以古聖賢文學家、詩人命名，孔子即其中之一。

稻草人的故鄉

——給我可愛的故鄉，並向六千個稻草人的爸爸、
小說家黃春明先生致敬

這個到處都充滿愛心的年代，
我們已經好久好久不管愛嘰嘰喳喳的
小麻雀，牠們愛怎麼樣講笑話
愛怎麼向憨厚老實的農夫搗蛋，或者偷吃穀子的事；
我們都可以不必管

真好！這的確是豐衣足食的年代
而且也講究

同工同酬，你做什麼就該有什麼樣的待遇
小麻雀們不僅只有嘰嘰喳喳，
也不止只管吃吃穀子而已；
牠們也有工作，整天都自動忙著除害——
吃吃蟲子呀，施施肥呀
所以嘛，小麻雀吃穀子的事
我們就不用管。

你看吧！不是我們閒著沒事
就是一天到晚忙著為大人寫小說
為小朋友寫劇本，說故事
吸引一大批一大批大人小孩，成立一個
什麼不好叫，又偏偏要叫作什麼——
黃大魚兒童劇團的，那個
老頑童呀；

他閒閒沒事做嗎？不！為什麼
因為他姓黃呀！姓
黃帝的黃呀就不一樣啦！
誰不知道，所以
他才會這樣作怪，才會有這樣的怪點子，
半夜不睡覺；睡不著嘛
對著老天發願，他要一口氣做出
六千個稻草人！

哇！怎麼可能嘛
怎麼生出來？
現在年輕人結婚，一個孩子都不要
他簡直是瘋了嘛！要六千個——
還好，我們是不用吃不用睡
很好養的另一種人；所以嘛

一起跟著他瘋的人
也還不少呢
一夜之間，我們一個個就都被生出來了
好快呀！好熱鬧呀
而且打扮得有模有樣，就像真的人的稻草人，
讓我們很風光，高高興興的站在北宜高速公路兩旁
綠色的稻田中，你看我看他看大家都看
好不熱鬧！
本來嘛就是要這樣，我們已經好久都不這樣
讓人看；不管你是返鄉的
觀光的，我們就是要這樣熱熱鬧鬧
這樣土土好可愛又好好玩的
代表著宜蘭人淳樸憨厚好客的熱忱
歡迎你

現在，要發展觀光嘛
有事沒事人家來你家
不是只管給吃給喝的那種玩樂，這年代
誰會沒有吃的喝的？
更重要的是
你要給人家看看什麼呀
留下什麼好印象？下次才會再過來
而且不只自己來，還會邀很多更多
父老兄弟姊妹親戚朋友大家一起來；
對！就是要這樣
歡迎大家一起來到我們的故鄉——宜蘭
所以嘛，給人家看還是很重要的呀！

六千個稻草人呀，我們多麼風光
我們要讓你看到什麼？

不是單純的休耕的稻田；是有
波斯菊、油菜花、綠肥……
有到處飛舞的蝴蝶，和各式各樣的鳥兒
這就是浪漫的現實。我們不再是現實
夢幻的現實，是真實

我們蘭陽分溪南溪北——
溪南有太平山
棲蘭山
有冬山河
親水公園
傳藝中心
有武荖坑綠博
蘇澳港和冷泉

我們溪北有龜山島
有草嶺古道
有頭城烏石港蘭陽博物館
有礁溪溫泉五峰旗瀑布
聖母山莊林美步道
有綠油油的稻田
冬天的候鳥，加上無所事事的我們

不！我們手牽手肩並肩
相親相愛；讓你看著什麼才是
真正的自由自在，
什麼才是
真正的舒適又優閒。

歡迎你，真的真誠歡迎你
歡迎你常常來
我們現代的稻草人悠閒的故鄉——
隨時都歡迎你；看看我們
綠油油的蘭陽……

二〇一一年五月二十四日二十二點三十分，從羅東回台北首都客運轉回南港公車上
二〇一三年三月十日上午再次修改

讀山毛櫸的秋天

十月下旬，算不算太晚？
高山上的秋天，或已快走完
滿地堆疊，落葉寫成的詩句
近乎焦黃，讓我讀得心急
怎麼會是這樣？——凋零

忍不住抬頭仰望，
一棵三百年的老山毛櫸，
伸張密密麻麻編織的枝椏，
殘留著的葉子，枯黃比橘黃多
綠色幾乎沒有

我遲到了嗎？
濃霧一波又一波，
一團又一團，湧進山谷
籠罩腳下的山路；下一步
就是深谷

秋天可以做什麼，
我就做什麼；我上山
還登高，高到海拔兩千公尺的太平山，
四十多年不見了
感覺好像缺少了什麼？
不像老友，我日夜懷念的
他——

二〇一二年十月三十一日六點四十六分，研究苑

遇見心中的一條河

要順流或逆流
要看氣象或風向
都已不必選擇季節與氣候
一座紅色拱橋
橫跨蘭陽平原
為奇立板與貓里霧罕
連結噶瑪蘭兩個舊社區
讓人們有更多美景與想像
如我們駕著一葉扁舟
穿梭橋下
遇見心中的一條河

遙想河的兩岸
兩三百年前
噶瑪蘭人與河洛人
都是我們的祖先
曾經有過的多少糾纏
與前世今生以及來世等等相關
有關
或無關
恩怨愛恨情仇
如今我們抬頭仰望
天空
並非天天都是同樣心情
也非天天都是同樣
湛藍白雲
萬里無波

從河的上游
舊寮
新寮
一座又一座
眾山綿延
更遠是雪山和中央山脈
依舊青翠湛藍
遼闊的天空
也非天天天藍
更多時候
雲霧山嵐煙雨瀰濛濕冷
蘭陽冬天本是這樣
但我們欣喜見到一條母親之河
河水與天空

清澈與湛藍
是經過日夜水洗日月淨身
早晚禮佛

橋有五座
座座穿越
一座又一座
眼前乍現
這條母親之河
是斷了嗎
不
穿越紅色拱橋之後
從利澤簡翻過沙崙翻過
古昔傳頌的那隻牛背
我們就到達了加禮遠的出海口

請回頭再遙望
人間
天上
就是我們遇見的這條河已連接天上
清澈平緩的流淌著族人心中的聖水
烏魚飛躍
水波粼粼
我們美麗的噶瑪蘭母親之河希望之河
現在我們就叫她
冬山河

二〇一二年十二月一日三點二十分，
寫於高雄大樹鄉佛陀紀念館佛陀六〇四房掛單

母親之河

有一條河，在夢裡
也呼喚著我
不能忘記的
母親之河；日夜呼喚著我

河的兩岸，是祖先
數百年來
辛勤拓墾的地方；我們是
噶瑪蘭人和河洛人的子孫，
都是一家人

是的，這條河，就是
這條母親之河，她永遠有著豐沛的水源
源源來自綿延的高山；
雪山和中央山脈連接，有天上的聖水
我們的祖先，就是習慣
傍河而居；
有豐沛的湧泉
肥沃的土地
利於耕種
便於舟楫
晴耕雨讀
安分又勤奮，過著日出而作日落而息的簡樸生活
世世代代安身，立命

母親的河呀
日月淨身
養育各類魚蝦
優游，自在自足
讓我們閒暇時能夠看到，烏魚飛躍
水鳥嬉戲
帆船漂浮
小舟盪漾
仰望，天上白雲
輕風推移
遼闊萬里——

啊，就是夢中的河呀
是現在的冬山河！
兩岸綠樹成蔭

河堤綠意盎然
沿途岸上河畔，有閒雲野鶴垂釣
有單騎追風
有慢跑快活
有孩童嬉笑
嬉笑而又跳躍

啊！夢中的河，就是現在的
冬山河；
她在夢中也呼喚著我，
我們的噶瑪蘭的母親之河，時刻呼喚著
不能忘記的
在每個子孫的脈管中，默默的流淌著
流傳著……

二〇一二年十二月三日十七點三分，研究苑

三鈠水的心聲

如歡樂慶典之後，酒醉酒醒
之後
面對一條河，纏繞過多少族人多少牽腸掛肚
流過蘭陽平原；
平緩遼闊的流過

在祖先墾拓過的土地上
在冬日暖和的陽光下，看到烏魚
油亮跳躍，水鳥優雅低飛
你會否低頭沉思，而又沉思多久
專注看你自己的足尖腳下

遙想兩百多年前，噶瑪蘭祖先
含著血淚，划著鴨母船
冒險犯難，沿著東海岸依島遷徙到
貧瘠的後山？

蘭陽的，唯一的一條——
宜蘭河、冬山河、蘭陽溪
三河匯流；你當知道
為何叫她三戠水，
而又為何稱為
三川神水？

一條河，流過多少沃土
冬山
五結

奇立板
貓里霧罕
利澤簡
加禮遠
直到出海口，流淌著多少祖先的血汗
灌溉過多少田園，養育
多少世代
多少子孫
多少含淚，多少揮汗，多少無言？

請看看我們噶瑪蘭僅存的流流社，看看
我們僅存的族樹，大葉山欖
在寒風釘子雨摧打中
掉落過多少碩大如鯃嘉魚而枯黃的落葉？
請看看我們僅存的族花，珊瑚紅心葉刺桐
在淒風苦雨摧殘中

開過多少紅如珊瑚又凋謝如手指的花朵？
族人的期待都在葉綠花紅的季節，
是否又要落空；
一年又一年
不斷糾纏著，還是兩三百年前的恩怨情仇？

啊！族人依舊流落異鄉
忘掉族語，難忘傷痛
三敁水匯合而又迴流的魚群與水鳥
年年會迴流；
牠們又能領會多少失去族語的族人
他們心中的痛，如三敁水的匯合而又迴流
迴流而又迴流的
語重心長……

二〇一二年十二月四日二十點四十三分，研究苑

【龜山島卷】

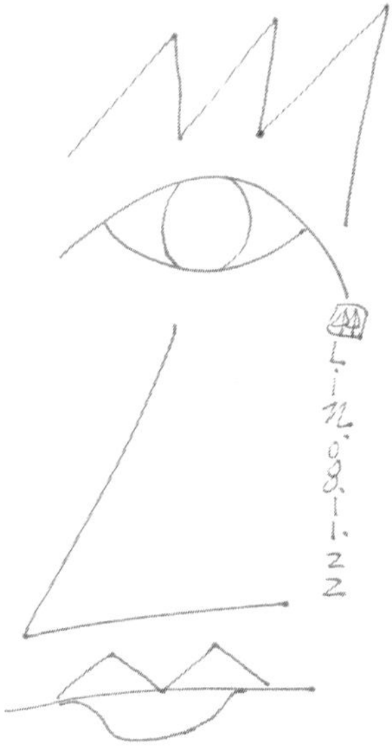

龜山島

——綠色燈塔・我們的心靈故鄉

在，湛藍的
湛藍的
太平洋的
太平洋中，溫柔的
波浪，溫柔的
溫柔的
像母親的手

母親的手
溫柔的，一上，一下
溫柔的
搖著
一上，一下
溫柔的
一上，一下
的
搖著，我們的船
我們的船是
我們的搖籃
我們的搖籃
一上，一下
安安穩穩

龜山島

我們的心
恭恭敬敬
我們恭恭敬敬的
來了
繞您，一圈
向您仰望
繞您，兩圈
向您請安
再繞著您，三圈
我們
親近您

親近您

您是我們心中永不偏離的

燈塔，綠色的燈塔
心靈的故鄉
太陽昇起的
地方

龜卵石

——七千多年前的礫石之歌

圓滾滾的
龜卵
圓滾滾的
堅硬的
礫石

七千多年前的
潮汐，
潮汐的，海的溫柔的手溫柔的，搓揉著

潮汐的，風的粗暴的手粗暴的，又搓又揉
七千多年來，搓著揉著
搓揉不破
堅硬如鑽石的
龜卵

我，假裝睡著了
在玫瑰紅的晚霞中
躺在，全是龜卵鋪成的礫石灘上
聆聽七千多年前
海的男高音歌唱的，礫石之歌
喀—— 喀—— 喀—— 喀喀—— 喀——
喀—— 喀喀—— 喀喀—— 喀——
喀喀—— 喀喀—— 喀喀—— 喀喀喀—— 喀喀喀——

從遙遠的靈龜的尾端，緩緩緩緩的，傳來傳來
鑽進我，耳中
鑽進我，心裡

龜尾湖

——液態，翠綠的寶石

可以，捧在手心
可以，照照自己
早晨起牀，醒來了沒
可以，偷偷喝它一口
就不必再喝其他的水了

一顆，翠綠的
液態寶石，
藏在七千多歲的靈龜之尾

以祂不淡不鹹的尿液
夜以繼日，提煉淬取
既溫潤又堅硬，
既樸實又高貴

可以，近近的觀賞
可以，高高的俯瞰
可以，久久久久都在想念的
一顆，液態
翠綠的寶石

龜山戴帽

烏雲飛到龜山，就停在島上
老一輩的人總愛這麼說：
「龜山戴帽，
我們宜蘭就會下雨。」
是否，每一次都這麼準？
我總是好奇，一天看祂好幾次

故事說來說去，都十分神奇
大多時候都滿準！

蘭陽多雨，似乎就是老天註定；
我們有很多稻田，

需要豐沛雨量灌溉；
只是雨水太多，農人承受不起

龜山是隻靈龜，
祂體恤農民辛勞，祂也知道
蘭陽人勤奮淳樸；
有時烏雲來了，祂會想辦法
趕緊讓它飛走
有時白雲來了，祂也不要它
停留太久

從小到老，我已經習慣
只要我在的地方，可以看到龜山
我都會抬頭眺望，
一天好幾回；

從前如此，現在亦然——
看看祂，十分神秘
十分自在的老樣！

二〇一〇年四月八日上午進城在捷運車上，六月二十九日
兩點十五分修訂
二〇一〇年八月三日《自由時報・副刊》刊載

龜山抬頭

一個不等邊的
大三角，
加一個不等邊的小三角；
龜山島
在我們綠色平原的海邊，
在我黑眼珠的，驚喜的心中——

牠抬頭，仰望東方
東方是太陽的家，
東方也是我們的家；牠抬頭仰望

每天都看著日出，看著老太陽
——不老的太陽。

有時，牠也想轉個身
扭個頭；想看看
看看太陽怎麼回家；回到一波波
海的微笑裡，
一波波，海的溫柔的懷抱……

二〇一〇年三月三十一日十七點二十分，羅東回臺北首都客運
《國語日報》兒童文藝版刊載

凝固的一滴熱淚

龜山島，在太平洋的
臉頰上

蘭陽人離鄉背井時——
含在眼眶裡，一直打轉；

凝固的一滴熱淚，永遠
在那裡！

二〇〇九年六月二十三日

「詩外」：半世紀之前，我少小離家時，坐著一路冒著黑煙的火車，慢吞吞地沿著海岸線向北走，自己一路頻頻回首，直到火車穿進草嶺隧道，那滴熱淚才不情不願無聲滴落！

#【台北卷】

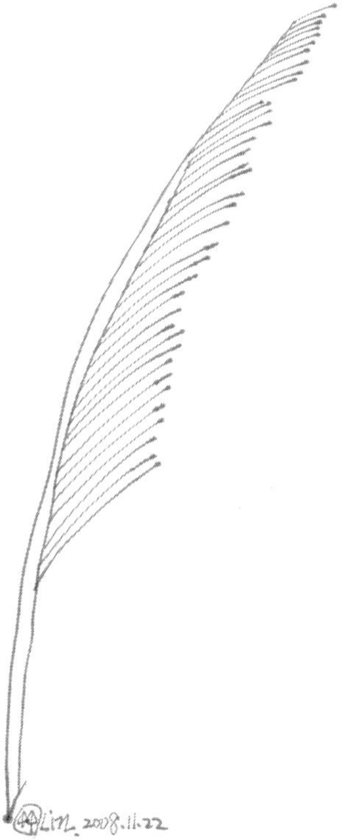

台北，我們的家

台北，我們的家
我只是暫時離開
晚上就會回來；
帶著滿天星鑽
和滿城燈光

我在飛，坐在飛機上
飛；但我看得到我們的家
一座美麗的城堡；
童年時就用積木砌成的模型，現在逐一完成
新世紀的百年建城計畫；

一〇一大樓，世界最矚目最醒眼的地標
可以三六〇度環視瞭望
大台北，展望遼闊蒼穹與海洋

我們的城，擁有
一條基隆河，一條新店溪
匯合流向淡水河；流向太平洋
左岸，八里觀音山
右岸，淡水陽明山
淡水河
有珍貴的紅樹林
有寬闊的出海口

我們的城，有完善的捷運系統
祂是龍在地上的化身；

在大台北，祂不只一條
從新店到淡水，紅色的
從南港到板橋，藍色的
從木柵到內湖，綠色的
從南勢角到新莊、蘆洲
將來還會有
信義、南京，繼續延長；
龍會化身，會繼續長大
在台北，我們的家

二〇〇九年十二月十六上午台北飛花蓮復興航空班機上初稿
二〇一三年三月十日修訂

台北夜景，以光刺繡

傍晚，從金門飛回台北
我們的；你和我的
美麗的故鄉——
福爾摩莎的首都，
在北之北
一條流動的光河；不
不只一條

光的河，流動著
不只一條
每條街道都是，流動的

穿梭；南來北往
北往
南來
穿梭交織，交織穿梭
光的河
不只一條

流動的，光河
為我們美麗的家鄉
福爾摩莎，在北之北
編織刺繡一襲光縷衣；
為不夜的城，不睡覺的
天上繁星
睜大眼睛；在宇宙中

徹夜不眠，熠熠閃閃
閃閃熠熠

在墨藍色的太平洋中，
我們美麗的家鄉
福爾摩莎，以光刺繡
夜的台北，穿著
一襲迷人的
光縷衣

二〇〇九年九月十七上午，研究苑

太魯閣號，台北出發

今天，我從台北出發——
太魯閣號的金龍載我，穿越中央山脈的山谷
一路向東，待會就會路過我蘭陽綠色平原
可愛的故鄉

右邊是海，左邊是山；
不！
右邊是藍，左邊是綠；
（不！應該反過來說）

右邊是山，左邊是海；
不！
右邊是綠，左邊是藍；

今天，我從台北出發——
我坐在太魯閣號的金龍身上，可以安心穩穩穿越花東縱谷
一路向東，如果真的繼續向東，待會就能抵達太陽日日升起的
金色的故鄉

（請雪山山脈讓開，請海岸山脈也一起讓開……）

那就好好擁抱三好——
好一個一塵不染的太平洋！
好一個湛藍的大海！
好一個完整的天空！

二〇一〇年六月八日上午，在台北搭八點二十分太魯閣號去花蓮，下午由花蓮搭十七點三十分自強號回台北，在回程車上寫這首詩。

夏日午後，在市府轉運站

——在市府轉運站川堂讀流動的風景

每個人都是我眼中的風景，
打眼前走過，
在一個夏日的午後；既嘈雜又寧靜

流動的人聲，流動的人來人往
嘈雜匆忙
緩慢悠閒，同時進行；
遊走的人生，感動的人生

每個人都在走自己的秀，演他自己
沒有彩排，不在意觀賞與評論
不是沒有壓力，壓力在生活裡
不是沒有負擔，負擔都變無形

我的位置，最佳觀眾席
在市府轉運站入口處，一張圓形咖啡桌
眼前一個人一個人走過，走進走出
我心中澎湃，洶湧
感動於每個人的從容自在，自在的演出

無須排演的戲碼，
我不一定懂得
他們的人生，我有不懂的權利
他們不必擔負成敗演出的問題

我坐在一張小圓桌旁，我沒有移動
手上有一本書，不只在讀一本書
讀每個人的人生；我不一定讀懂他們
我有不懂的權利，讀著每個人的
不同方向
不同驛站
不同人生

人是流動的，風景是流動的
老人步履蹣跚，年輕人有懶散，有快步如風
婦人也有百態，少女少婦
花枝招展
有小孩，父母牽著
更有小小的小孩，抱在手上……

城市話題

一、早晨捷運車上

一個呵欠
兩個呵欠
三個呵欠……

早晨捷運車上
年輕女孩，各個在
打呵欠

今天的生活，
從打呵欠開始；

今天的工作，
也會在打呵欠中完成。

二、咖啡現象

上午，一杯咖啡
下午，一杯咖啡
今天的精神都在
咖啡裡……

咖啡；不加糖
加八卦，
加流行，
加劈腿，
偶爾也加，有漩渦的奶精

或加房市、股市、樂透
燒炭、跳樓……

二〇〇九年九月四日八點四十五分先搭捷運轉首都巴士
往宜蘭走雪隧途中

捷運車廂即景

我在捷運上閱讀
讀淡定的人生
希望自己能成為一幅悠閒的風景

有個警察在捷運上
一節一節車廂走過
是不是一種風景

（是　一種殺風景）

有個男子坐在車廂內
大剌剌翹起二郎腿

算不算是一種風景
（也是　一種殺風景）
有個辣妹坐在我對面
忙著化妝
是不是一種風景
（也是　一種殺風景）
有個年輕人看到長者走進車廂
趕緊站起來讓座
算不算是一種風景
（是的　這才是一種好風景）

二〇一三年一月二十九日二十三點五十五分，研究苑

在台北圓山護國禪寺旁

初冬午後，在圓山臨濟護國禪寺旁
我向一位老者買了兩個炭烤小地瓜
當午餐；他主動多給了我一個稍小的

我走到旁邊六棵高大的落雨松樹下，漫步
邊吃地瓜，邊看地上冒出的樹瘤
也抬頭仰望樹梢；聽樹上多嘴的鳥叫

也有細碎的鳥聲，珠珠滾動碰撞
沒有停過；這兒
所有的鳥聲，都屬於麻雀和白頭翁

冬天的落雨松，應該落葉也應該落雨
這六棵落雨松
卻還像夏天，讓一樹樹細葉葉葉青綠——

有幾十隻麻雀和上百隻白頭翁的六棵落雨松
挺立著，讓百多年的臨濟護國禪寺
多一份寧靜，我的心也多一分專注
專注聆聽這麼多的鳥聲；有聒噪也有珠珠
滾珠珠……

二〇一一年十二月十九日十二點三十五分，台北圓山捷運站旁

遇見早到的春天

——給我後山的朋友

櫻花都開了，是好消息；
恰巧又遇見早到的春天——

我在後山，
不只今天早起，還遇見
遠來的八重櫻
吉野櫻，還有本地烏來的山杜鵑

早安，我的後山的朋友
早安，我的跳躍的松鼠
早安，我的長尾的藍鵲
早安，我的春天的新太陽
早安，我的新的一年

大家平安。

二〇一一年二月八日二十三點六分，研究苑
二〇一一年二月二十四日《人間福報》副刊刊載

春天，中山北路的落葉

春天，在中山北路散步
跟著很多人，在散步

樟樹、榕樹常青
楓香有季節的顏色，
我往美術館方向走，我看到
一群路過的風，邀她們到地上來踏青；
一路上，絡繹不絕

有的踮著腳尖，手牽手，嘻嘻哈哈
繞著圈圈，跟著我往前走；

有的，在原地踏步
也會隨風起舞
舞動曼妙的舞姿，總在微風過後
旋轉，又旋轉；變化千萬種——

今天無雨，或陰或晴
是春天踏青的好時節。

二〇一二年二月二十一日十七點三十分　中山北路三段

在白千層樹下走過

斑鳩，在兩三層樓高的白千層樹上
咕——咕——咕——鳴叫，
春天，似乎還未過完！

在台北城裡，水泥叢林中
夏天總是來得比較早吧！
但有了牠們
咕——咕——咕——悠遠的聲音，
在白千層樹下走過，
我的心情也跟著緩慢而涼快了起來。

城裡午後的白千層樹下，有風
有咕咕咕——的斑鳩的鳴叫聲，
春天，好像忘了交班！

二〇一一年五月三十一日午後，從新聞局走出來，在天津街上，聽到兩層樓高的行道樹——白千層樹上有斑鳩咕咕聲傳下來，觸發我寫下這首詩。

我們，都在風景中

——大屯山詩抄之一

風景是美的，
我們，都在風景中；

我們，或許是
妳我；妳和我
也或許是我和茅草和芒花和老樹和岩石和涼亭和大屯山和大屯山下的
自然公園和自然公園中的湖和湖邊環繞的棧道和棧道上徐徐漫步的晚
風和晚風中徐徐漫步的妳和我
我們，都在風景中

我們，我們都在風景中
風景很美；
我們，或許也是
妳我，我們真的是
妳和我
我和飛過的鳥和叫過的鳥聲和唱過的蟲鳴和升起的薄霧和飄過的白雲
和燃燒中的晚霞和逐漸加重的暮色和暮色中的天幕和天幕籠罩下的妳
和我和我們都在群山寂寂靜靜的懷抱中

風景，的確是
很美。

二〇〇九年八月四日三點二分初稿；八月五日三點
四十四分修訂，研究苑

我們，一起閉上眼睛

——大屯山詩抄之二

群山環抱，
躺在大屯山自然公園中的我和妳
和一草一木一花一石，環抱
抱我和妳環湖棧道，棧道環湖抱我抱我和妳

水草倒影
花樹倒影
飛鳥倒影
環山倒影

藍天倒影
白雲倒影
山嵐倒影

我和妳環抱大屯山自然公園
和一草一木一花一石；我環抱我和妳
和青山綠水白雲山嵐微風蟬鳴
環抱我和妳——

天空，閉上眼睛
群山，閉上眼睛
眾樹，閉上眼睛
夜，閉上眼睛
我，閉上眼睛
妳和我，閉上眼睛

我們，一起
閉上眼睛……

二〇〇九年八月十八午夜，研究苑；二〇一〇年六月五日
上午修訂

【九份卷】

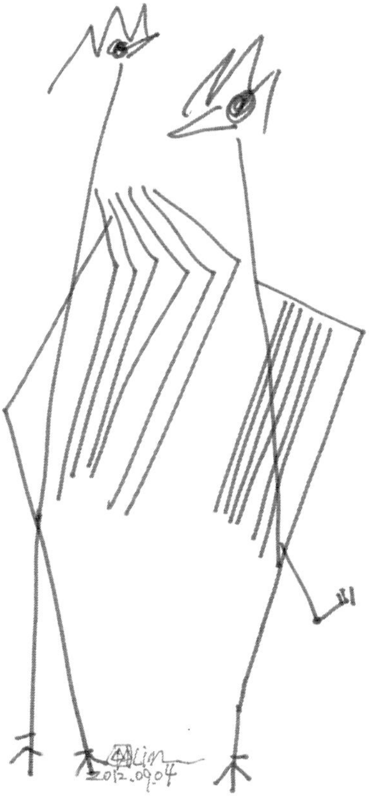

九份的雲和霧

是雲的家？霧的家？
常常分不清楚：是雲還是霧
他們總是那麼樣相像，在九份
這座山城

並不是很高；卻是
該有的都有，也不分早晚
不分春冬，總會看到他們
結伴而來；也不坐車
也不搭船

九份，真的有那麼美嗎？
哪樣迷人？
總是有人來了又來；像雲和霧
也是來了又來
一天好幾次，來了
又來了

二〇〇八年十月三十日十二點十分，剛剛從九份回到研究苑的家。

九份的雨

下雨，下雨，請你不用愁；
雨是九份的美景之一
我借她留住你，
也借她寫詩、畫畫
和你談心交朋友。

下雨，下雨，請你不用愁；
雨是我半半樓的常客，
是我的詩、我的畫
我夢中的美景
請你別客氣，大大方方

走進我的半半樓，咖啡紅茶
歡迎你；一起欣賞
九份的美景。

下雨，下雨，請你不用愁；
夜深了嗎？不要緊
請你放下你倦遊的心
我的半半樓樂意為你騰出
唯一的客房；
你可以真正放下你淋濕的心
聽，一夜的雨聲
做，一夜的美夢
明兒早起，湛藍的太平洋

會真誠的為你，捧出一顆
全新的大太陽！

二〇〇八年九月六日上午，研究苑

九份的燈

九份的燈，每一盞
都不是為自己點亮；
她們有一個
共同願望——

要為夜晚點亮，為美
點亮，為靜
點亮
更要為天上的星星，點亮

讓天上的星星，夜夜
都能看到
九份；九份是個適合夜遊
也適合她們移民的
好地方……

二〇〇九年三月十八日二十一點二十七分，研究苑；
二〇〇九年三月二十五日修訂

春天的九份

春天的九份
霧來了，雨也來了
遊客來了
都變成魚；

春天來了
九份在霧裡，也在雨裡
魚在霧裡，
也在雨裡……

春天的九份
霧來了，雨也來了
九份變成一個大魚缸，
有時透明，
有時不透明；

雨來的時候，
有的魚撐著傘，有的
穿著輕便的透明的雨衣；
在雨中穿梭
編織雨中的風景……

霧來的時候，
看不到山，看不到海
也看不到路；

魚在九份不透明的雨缸裡
捉迷藏，只有近距離才看得到
不同的魚，有不同的顏色；
牠們是來自不同國家的魚……

二〇〇九年四月五日十六點三十四分，研究苑

謎樣的九份

九份有多大？九份很小，
只有一街二路；
豎崎路「豎崎直行」，
我在豎崎路口看到路碑，猜測它
立碑鐫刻這四個大字的意涵——

穿過輕便路，遊客一定要停下來
憑弔熱鬧背後的悲情城市，
憑弔現在過去和未來；
但別站得太久，
記得「豎崎直行」，繼續向上登

一階一階往上數
我會在上面等你；上面就是基山街

到了基山街，你可就走不動了
所有遊客變成的魚，
都集中在這裡；
排隊買芋圓
排隊吃九份古早丸
排隊試飲古早味薑母茶……

我說的一街二路，就是前面走過的地方
至於汽車路，是給汽車走的
通常我都不把它算在內；
九份很小，
可看得到的山看得到的海看得到的天空，

很大很大——
謎樣的九份，是觀光的謎。

二〇〇九年四月五日二十三點二十八分，研究苑

附註：

其實，九份除了一街二路之外，還有一條彎彎曲曲的山路，在九份的最高處，叫崙頂路，沒有商家，但有民宿，通常較少遊客走到那邊，另有一份幽靜。

上升的山城

才一眨眼，九份山城
所有的
燈，都亮了起來
它們只安裝一個
開關，
讓掌管夜的女神
獨自操作。

一座會上升的山城
入夜以後，就成為
一個大花燈；在空中

冉冉上升
抓住遊客們，不睡覺的
眼睛，不睡覺的
心

二〇〇八年十月十五日晚在九份半半樓起草，十六日上午在研究苑完成。

九份的半山上

我住在九份的半山上，
雲和霧也和我住在一起；
我們是同鄉。

太陽不來的時候，
霧和我玩捉迷藏，
雲也一起玩；
我常常分不清楚，
哪個是雲？哪個是霧？

太陽出來的時候，
霧就自己去旅行，
雲就飄到天上和風玩；
我自己就躺在半半樓
閉上眼睛，做日光浴

幫自己裝上想像的翅膀，
飛到夢的王國，
找寫詩的小精靈……

二〇〇九年二月七日上午，研究苑

九份的美

——沒有被美撞過，不知道真正的美才叫不美！

重疊的石階，重疊著古老的記憶
一條通天的豎崎路，也重疊著遊客的足跡；和嘈雜的驚歎

一條街唯一熱鬧的不叫九份，偏叫基山街
蜂擁的遊客，肩撞著肩；
少女堅挺的乳房也勇敢的刺傷男性的欲望；
商家叫賣的聲音吵翻了天，也吵翻了夜

另一條叫輕便路，早已不見輕便的台車，卻走來
三三兩兩的遊客；遊客也的確走得輕輕便便

悲情城市已不再悲情，沒有悲情
也無寧靜；寧靜必須從商家熄燈打烊之後
遊客走光之後，讓一些些僅存的黑屋頂
打自家老厝潮濕的石縫中，滴落

燈火不夜的山區，遠遠遙望，真的
已是遠上天空，上升城市，上升記憶
上升仰望，在眾多遊客頻頻回首回眸中
冉冉上升……

二〇〇四年八月三十日午後，研究苑

九份老街尾的風景

——一棟半半樓

霧來又走，走了又來；
冷泡的一壺茶，需要熾熱的心
喝它

旅人走後，風中的一排紅燈籠
一路搖晃到街尾；最後停在
半半樓。

二〇〇九年十一月十六日晚，九份回汐止途中

雨，集體落到九份的山城裡

夜落到谷底，落到
時間的谷底，落到
九份的谷底

燈光落到谷底，落到
夜的谷底，落到
時間的谷底，落到
九份的谷底

霧落到谷底，落到
九份的谷底，落到

夜的谷底，落到
時間的谷底
於是，夜的雨時間的雨天上的雨宇宙的雨
一整夜，沙沙沙沙沙沙
都集體落到
九份的山城裡

二〇〇九年二月二十日兩點五十分，九份半半樓

【水金九卷】

霧，是一種顏色
——水金九之美

霧，是一種顏色
其實也
不只一種；有
山的顏色，
海的顏色，
天空的顏色，
大地的顏色，
建築物的顏色，
太陽的顏色，
都藏在霧的顏色裡……

水金九
就是要有雨，
有雨，九份的美，才真的美；
就是要有霧，
有霧，金瓜石的美，才多了朦朧的美；
就是要有雨和霧，
水濂洞的美，才真正的迷人！
有了雨和霧，這冬天的水金九
才會真正
美得很久很久……

冷，不是問題
濕，不是問題
東北季風，不是問題

寒流來了，也不是問題
水金九
有雨
有霧
有了美，什麼都不是問題

霧，是一種顏色
其實
不只一種；遊客
穿梭不息，
春夏秋冬，穿梭
不息……

二〇一〇年二月六日十九點十分，九份回台北基隆客運車上。二月九日晚修訂。

昨夜的畫

——從九份山城遙望清晨湛藍的太平洋

夜裡，我摸黑做了一幅畫
幾乎用掉整罐藍色
透明壓克力的顏料！

黎明，我站在半半樓一片玻璃牆內
發呆；那湛藍的太平洋
是我昨夜畫的畫？

九份歸來，二〇一〇年九月二十一日晚寫於研究苑

基隆山的美

基隆山的胸脯，是豐滿的；
金瓜石那邊的人，都稱她
仰臥的孕婦。

凡能成為母親的，
都一定有她孕育生命的美；
我讚美生命，也讚美她。

二〇〇九年三月十八日十五點，九份半半樓

大肚美人的長髮

——側寫基隆山

坐在金瓜石犀牛山背上，
我的眼睛，誠心誠意專注看妳
仰臥的美人啊，妳養著一頭長髮
由太平洋的海水
日夜梳洗……
那一頭柔軟的長髮啊，湛藍萬里

美人髮上的髮夾

——基隆山的一塊岩石

有隻攀岩蜥蜴，
爬到仰臥的美人髮上，
夾住最美的地方；
親吻她的髮香……

從此，不論春夏秋冬
再也不用流浪。

登基隆山

習慣數台階，在九份的日子
是走路時養成的；
心中的一份，輕鬆的小差事

走過豎崎路，走過無數次
卻從未自汽車路口第一階數起
直上九份國小門口；崙頂路

第一次登基隆山，從第一階
我就開始在心中默默的數——
為著自己一個人，可以更專心更輕鬆

走完全程，知道它的東峰究竟有多高
七十一歲的我，一口氣可以登上多少石階

豎崎路的台階，是四百多階豎起來的石階梯
登基隆山的石階，步步高升
不論向上望還是向下看，都像座天梯
我數到二千之後，站在東峰的峰頂
就等於接近天空；已經沒什麼可以比我更高

遙望比基隆山高出零點幾公尺的
茶壺山，現在已比我矮些；
登上基隆山，看到平日看不到的
太平洋遼闊的海平面，中央山脈
峰峰相連，起伏凝固的波浪

看到九份山城
每一幢房子都互相交疊，
像被頑童打亂的積木，凌亂不堪
歪歪斜斜，
有不規則的美……

二〇〇九年六月二十六日兩點五十三分，七月二十九日
二十點五十八分修訂，研究苑

瑞濱海邊的浪花

海浪，一波波
向岸邊泳近

溫柔，也不只是一種
曲線的美；曲線的美
也不只是一種溫柔

浪花，有她的
胖和瘦
豐滿與苗條……

瑞濱海邊的，浪花
她細說的
就是，另外一種美

太平洋知道，
我也知道。

二〇〇九年十二月三十日十七點，開車由濂洞國小回台北途中寫的；下午講學後，何校長期許我寫海洋詩，我也許諾會寫，這是第一首。其實，二〇〇九年十二月二十六日，行動讀詩會在半半樓開例會，我已提出訂為元月會員書寫主軸；是不謀而合。

金水海岸

——從金瓜石、水湳洞向瑞濱海岸瞭望……

午後，陽光灑在東海上
海以湛藍迎接我；
我的金水海岸，以寶藍以遼闊
和天空對話

已入秋，寧靜的海
在我什麼都已不計較的眼裡
讀出明日的方向；東二十三點五度
秋分太陽升起的正確位置

我遙望基隆嶼，不來也不去
四季都是我在看它；它在看海看漁船
看漁火看我發呆的眼神，
早晚看它

我的金水海岸，美麗的家鄉
只要太陽一睜開眼，我也睜開；
我們都同時在讚美上蒼，讚美盤古
讚美這段金水海岸，寶藍純淨
遼闊微笑……

二〇一〇年九月十一日二十點三十分，研究苑

濂洞溪的石頭

彷彿，才拐個彎
從東62快速道路滑下；
順著蜿蜒湛藍的濱海公路
往前開，看到
一邊黃一邊藍的陰陽海，
向右轉，向金瓜石的山路走
才一上坡
一仰望
黃金瀑布就在眼前，嘩啦啦嘩啦啦
沖下來……

再一仰望，高高再上
茶壺山；黃金瀑布的水
是從茶壺山的嘴倒下來的嗎？
茶壺山裡的水，是天上倒下來的嗎
站在濂洞橋上，俯瞰
濂洞溪的石頭，個個金光璀燦
比九九九還要原始還要純
還要風光

二〇〇八年十月三十日上午去宜蘭國小演講，在雪隧中構思前天到濂洞國小講學所見印象，十一月二日上午寫於研究苑。

一顆翠綠的寶石

——詠基隆嶼

東北季風又起；有風有雨
你是晴天凝固的
一朵浪花；在太平洋上
最親近瑞濱海邊
由白變綠，宛如佩在我腰帶
一顆翠綠的寶石。

子夜的金水公路

金水公路的路燈，不睡覺
靜寂的寒夜陪她；

上山的一條彎路曲曲折折，在寒月下
蜿蜒蛇行成一條
進入冬眠就不再蠕動的巨蟒

我領著一夜星空，孤立濂洞溪畔
陪她……

二〇〇九年七月五日午夜，九份半半樓

看山看海

海，在左邊
藍；藍給山看

山，在右邊
綠；綠給海看

我在濱海公路上，瞭望
看藍看綠，看山看海

二〇〇九年六月二十一日上午車經瑞濱公路

【阿里山卷】

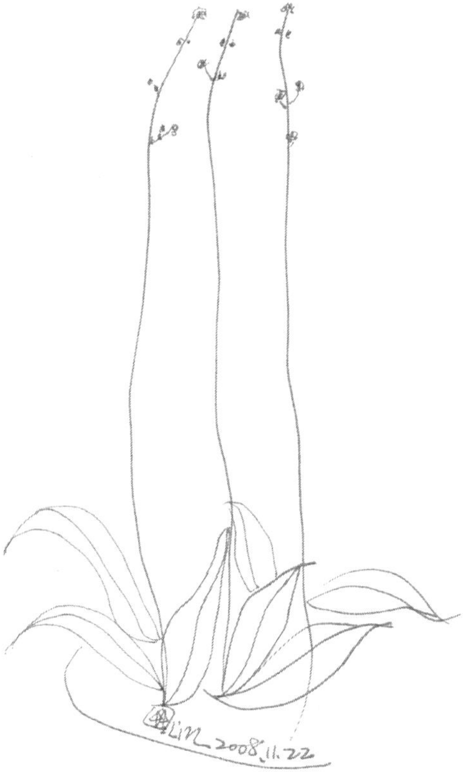

高山之上

到了高山之上，抬頭仰望
你才會知道；
密集的樹，它們怎樣爭取陽光
每棵樹怎樣伸長了自己，
而不是你擠我擠——
除非你甘願作棵小草，
東倒西歪；誰不正直向上
又高又大！

一九八一年四月二十日寫於阿里山

阿里山日出

春分與秋分六點，秀姑巒山和玉山北峰之間；
夏至清晨五點，郡大山與秀姑巒山之間；
冬至七點，太陽自玉山主峰南側探出頭
——群山就是永恆的座標。

日出阿里山，四季都在更迭
璀燦焦點，眾目仰望。

二〇一二年四月十六日八點五十三分，研究苑

「詩外」：由於地球公轉所致，阿里山四季日出的位置與時間，各有不同，在阿里山觀看日出，就成為永恆的話題，也會成為數代人美好的共同記憶。

塔山上的夕陽

柳杉紅檜扁柏，在鄒族聖山之前
肅然起敬；雲海凝固的浪花
一望無垠——

在柳杉紅檜扁柏之間，我窺見
緋紅臉蛋的夕陽，是鄒族少女
豐腴健美，豔麗醉人！

二〇一二年四月二十四日十一點二十五分，研究苑

「詩外」：這是我的第一塊詩碑，被立在阿里山沼平公園的「櫻之道」上。阿里山日出自古有名；至於塔山上的夕陽，我認為她的美十分嫵媚、健美，又變幻無窮。塔山是鄒族聖山，在阿里山觀看塔山上夕陽，美不勝收，讚不絕口。

台灣一葉蘭

慣於夜間飛行
蛾，一夜之間紛紛蛻變；
國寶級台灣一葉蘭，紫紅唇瓣
在清晨綻放；一一展翅
棲息，在沼平公園
享受阿里山早春的日光浴。

二〇一二年四月十二日十六點三十二分，高鐵〇七〇八
車次回台北途中

「詩外」：台灣一葉蘭為台灣原生種，是台灣稀有植物；本體由一個球莖及一片葉子構成，盛花期在三月底至五月初；花色豔麗，花姿優雅，花型狀似飛蛾，玲瓏可愛。

三代木

紅檜扁柏，堅韌的生命
會找到自己生存的意義；
一代二代，三代木，屹立千年
為阿里山大自然做出見證；
我靜默凝視，無怨無悔倒下的巨木
靜靜腐殖化，默默奉獻。

二〇一二年四月十二日十五點五十五分，高鐵〇七〇八
車次回台北途中

「詩外」：紅檜、扁柏，是阿里山原生林木，其堅韌生命，能存活數千年，十分珍貴。阿里山的三代木，是觀光重要景點，也是檜木最佳的活化石。

坐蒸汽小火車

重新摺疊記憶，阿公阿爸年少的歲月
26號、31號，早已退休的蒸汽小火車
嘟嘟嘟，冒著白煙；從童話王國開出來……

在檜木車廂內，我跪在窗邊坐椅上張望
沿途盛開的櫻花和國寶級的台灣一葉蘭；
我掃瞄摺疊珍藏，祖孫三代的登山鐵道……

二〇一二年四月十六日八點二十六分，研究苑

「詩外」：阿里山森林鐵道，是世界級文化遺產；有近百年歷史。唯高山鐵道維修不易，有橋樑嚴重坍塌，數度中斷，無法全線通車。現已部分修護，曾退役的古老蒸汽小火車也重新上路，車廂採用檜木打造，更具觀光價值。

阿里山十大功勞

四月晚春，第一次看到妳紫黑漿果
串串細長，從樹冠披垂而下——
如非洲少女日夜細心編結
珠珠髮辮；妳有豐功偉業的芳名

其實，我錯過季節；十月金秋正好，
妳戴著金黃成串的花冠，更吸睛耀眼

二〇一二年四月二十三日世界閱讀日清晨，研究苑

「詩外」：「阿里山十大功勞」，是阿里山特有罕見植物，據民間傳說，它從根、莖、葉到果實，都可入藥，且有十多種療效。同年五月，我在倫敦也發現有此珍貴植物，還採它果實來吃，像藍莓；但不知其學名為何。

小魔女毛地黃

六月我還看到妳，穿著紫色白色仙女裝
垂吊著成串鐘型小鈴鐺；每朵花兒都是
一個小嘴巴，張著甜美的唇瓣；
我知道，妳是飄洋過海的小魔女
是夠美夠毒的，我會謹守分寸
絕不碰妳分毫，只靜靜、近近欣賞……

二〇一二年四月二十三日世界閱讀日清晨，研究苑

「詩外」：去年六月詩人節，我去了一趟海拔兩千多公尺高山，在觀雲山莊認識毛地黃；為她著迷，卻沒想到她竟然是有毒植物，但又是可以救命的一種藥物。

【台南卷】

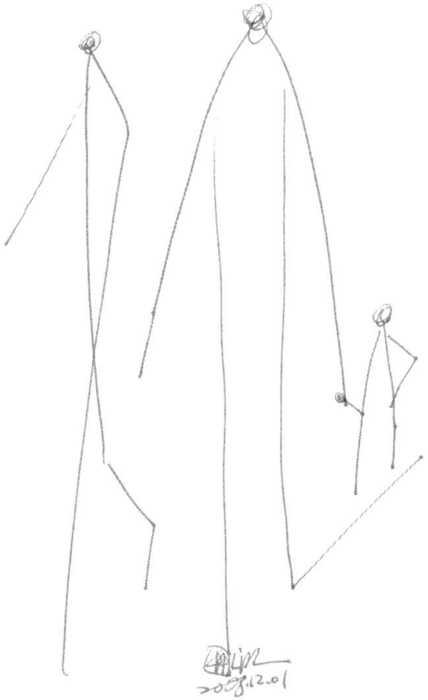

府城清晨之歌

——給台南古城的詩

不知前世來生，我怎會在這兒佇足
呆望窗前那片無邊的水藍？
才初醒睜眼的凝視，確信只有南台灣的古城
會慷慨給我如此情深，如接納
六月一夜燦爛盛開的火樹鳳凰

我站在窗前，無邊水藍的天空
來自安平新港的海風，徐徐吹拂
來自安平古堡的晨曦，靜靜撒下

來自赤崁樓的晨鐘，輕輕敲響
來自億載金城的傳說，甜甜傳送

只有南台灣的府城清晨，
才如此透明清涼，讓我回到半世紀之前的年輕
重溫如詩的初夢，
和生命中的生命不期而遇，
又譜寫五月榴紅的詩篇

徐徐地海風吹拂，來自安平的新港
靜靜地晨曦撒下，來自安平的古堡
清脆地晨鐘敲響，來自赤崁的鐘樓
甜甜地傳說傳送，來自億載金城
眾人愛戀的府城……

二〇一一年六月十五日十五點五十六分，研究苑
台南《鹽分地帶文學》第三十四期，二〇一二年六月三十日

龍眼花茶之戀

那兒有個好地方，
我站在高原上，其實並不很高
東山海拔
才剛剛超過三百；

那兒有一座山，一座又一座
滿山滿谷黑葉茂密的龍眼樹，
一片又一片；綠色養眼
四月的龍眼花，
裊裊飄香

龍眼花盛開時，誰為你
留下最初的原味？
誰又為你，封存金黃的龍眼花
保鮮與香甜

那有如晚春
陣陣的黃金雨，陣陣撲鼻
陣陣飄香……

啊！上蒼賜予的人間美味
只在東山，雲霧裊裊
堅持千度窯燒
在熱戀的陶杯中，握在手心

二〇一一年十二月二十八日一點，研究苑
台南《鹽分地帶文學》第三十四期，二〇一二年六月三十日

仙湖中的甘苦之戀

我仍在周遊列國，東山高原上
冬日的陽光
讓漫山誘人的咖啡醇香導航，
沿著台南縣道一七五咖啡公路
蜿蜒漫遊，如神龍
帶我們進入仙湖中的哆囉故國；

這裡原是純樸好客的
西拉雅族人聚落，
他們生生世世，一生又一世
廝守著祖先歷代墾殖的沃土，

在陽光與風雨眷顧之下，接棒揮鋤
我們憑什麼逍逍遙遙，就嘻嘻哈哈
進入這盛產咖啡的王國？

仙湖中哆囉故國的咖啡，
烏黑金紅
讓我們未嚐先醉！大鋤花間的龍眼花茶
愛它二泡三泡的苦甘
甚至四泡五泡，微微淡苦淡甘
餘味如四月龍眼花的原香，
留住晚春，也留住金黃柔和的陽光

人生有苦有甘，我已嚐遍
再甘再苦又能如何

有甘有苦，是龍眼花的原味
我獨愛它甘苦，回味在詩中

二〇一二年一月三日二十一點零四分，研究苑
台南《鹽分地帶文學》第三十四期，二〇一二年六月三十日

龍眼花茶之苦戀

苦若已盡，
也未盡，人生之苦
多如黃蓮？

嚐過黃蓮之苦之後，
又會有什麼苦，讓你一路一泡再泡
若日子沒有苦之後
就開始喜歡苦吧

不稀罕甜，我喜歡慢慢品嚐回味
東山龍眼花茶，得一泡再泡

一泡之後，二三泡
那苦才能玩味；才能有龍眼花香
撲鼻，是晚春滿山滿谷黑葉龍眼花
沁入心肺，苦而幸福
原味回甘……

二〇一二年一月六日八點，研究苑
台南《鹽分地帶文學》第三十四期，二〇一二年六月三十日

東山黑咖啡之戀

——不加糖不加奶精的原味

如戀人相知相惜
熱度與濃度，是必然
甘與苦。

是醉是醒——
一口苦，兩口苦
三口也苦；已然回甘……
高原上的黑咖啡，東山香醇
是台灣南部的黑珍珠；

如非洲小美女堅挺的乳頭，
含羞點點
頻頻回首，晨昏顛倒

似醉似醒——
一口甘，兩口甘
三口也還是；裊裊香醇
必然回甘……

二〇一二年一月十日十四點三十五分，研究苑
台南《鹽分地帶文學》第三十四期，二〇一二年六月三十日

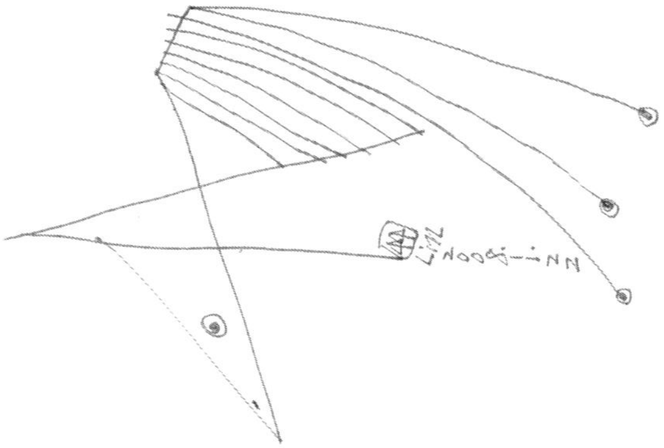

【山海及其他】

山，要有高度

——讀品田山褶皺

山，要有高度崇峻
我從內心修為，端正自己
在雪山山脈中，
與東峰
遙遙對奕；禪定數億年

你要是從東峰腰部
望我，我額上褶皺
會告訴你

扭曲變形之後，人生歲月堆疊
板塊運動見證；

我的高度，三千五百二十四公尺
是一組吉祥數字，
幸運符碼；我的高度
不止身高，是內在堅持涵養
標誌崇高
道德精神

二〇一一年二月十二日，研究苑
《人間福報》副刊，二〇一一年四月十四日刊載

在高山上遇到毛地黃

小小毛地黃，
高高舉著一大串上百枚小鈴鐺，
輕輕搖著；沒有聲響

詩人節那天，在兩千三百公尺的高山上
我們和她不期而遇；
她站在路邊草叢裡，嘟著紫紅色圓圓的小嘴巴
張著大大的眼睛，向我們打招呼
和我們說悄悄話，
讓我們一下子就回到了青春年少，
也馬上學會了和她用說悄悄話的方式，

彎下腰蹲下來和她聊天，
她很高興的告訴我們，一個小秘密：
春天才剛走不遠，
要我們繼續向前走，很快就可以追上春天。……

我們手牽手，又彎下腰
向小小的毛地黃說：
謝謝小姑娘，
我們明年初夏再會！

二〇一一年七月十六日十一點，坐首都客運回礁溪途中

附註：

六月六日詩人節和朋友去了一趟合歡山，第一次認識毛地黃。她又名洋地黃，原產歐洲，全株有毒，為重要的強心藥。玄參科，亦屬芳香植物，二年或多年生草本，莖直立單一，高約一至一點五公尺，全株密生短茸毛，根生葉叢生，葉片匙狀，具長柄，有翼，邊緣具圓鈍鋸齒，莖生葉具短柄或近無柄。第二

年自葉簇中央抽出花莖，總狀花序，花朵偏向側，下垂，大而美麗，花冠鐘狀稍扁，裂片唇形，上唇紫紅色，內部白色，有多數深紫紅色斑點，蒴果圓錐形，種子細小，花期五至六月。台灣全省中海拔山區可以看到。

哈嘎灣的呼喚

欠妳一次，我們還未履約
早在心中約定好的；
哈嘎灣的野溪溫泉
在深山溪谷中，貼近大地母親的胸膛
冬天冰冷也溫暖
泰雅之母豐滿的乳房，汩汩湧現
濃郁豐沛的乳汁，沐浴我們
乾涸的心靈，漂泊流浪的軀體

我們，漫步在哈嘎灣的深谷山林中
我們抬頭仰望，仰望

湛藍無塵的天空，遐想躺在眾多鵝卵石之上
傾聽它們亙古的心聲；
後山一夜，一夜寧靜，山的寧靜
樹的寧靜
安分的泰雅，我們的兄弟
聽天命的寧靜……

二〇一二年一月三十一日九點二十分，研究苑

附註：

哈嘎灣，在桃園復興鄉光華村，為當地泰雅族部落；在深山溪谷中，有一處野溪溫泉，相當迷人。我曾在光華國小教師兒童文學研習擔任講師，二〇一一年九月二十一日於寧靜的校園中度過甜蜜的一夜，卻錯過得走下約三四百公尺的溪谷泡湯。

孔雀豆的紅心

我們的愛戀，已不再年輕
草屯相思大道，有我們年輕時的笑聲
穿梭迴盪，在孔雀豆樹上四季常青的羽葉間
如孔雀開屏，不必睜開眼睛也能看見
那四五月盛開的花，如鳳凰花團錦簇。

不再年輕的愛戀，我們還是夜夜會思想起
年輕時在孔雀豆樹下漫步，相擁仰望
七至九月間結成的莢果，在頭頂上空迸裂
跳出紅心的相思豆，嗶嗶啵啵嗶嗶啵啵
快閃躲進樹下草叢中，像湛藍的天空
藏著小精靈們紅色淨亮的小眼睛……

如今，我們夜夜都還看到自己——
年輕時珍藏的三角心形孔雀豆，
每一顆都是雙面突起飽滿，堅硬朱紅
如珊瑚珍珠；內圈形成心形曲線，緊緊繫住我們
已不再年輕的心，依然青春美麗。

二〇一二年七月十五日二十點三十六分，研究苑

附註：

相思豆樹正確名稱叫「孔雀豆」，植物學的學名是Adenanthera pavonina Linn.，屬於豆科（Fabaceae）孔雀豆屬（Adenanthera）之常綠喬木。另有一品種叫「小實孔雀豆」（學名Adenanthera microsperma L.）。孔雀豆於四、五月間開花，七至九月間結成莢果，莢果乾裂就跳出紅紅的相思豆，散落樹下草叢中，等待有情人的撿拾。孔雀豆的種子外型呈三角心形，兩面突起，堅硬、朱紅色、有光澤，有時突起內圈還形成一個心形曲線，富層次的質感，非常美麗。而且紅色的孔雀豆可以長期保存，艷麗如昔，會讓人愛不釋手，寄情其中，戀戀難忘。

南寮漁港即景

南寮漁港的豪雨，傾盆而下
和九月初秋的夜色同時降臨；
海，防波堤外邊
外邊的海，看不見的萬丈深淵

雨，縫補了許多陸地的窟窿
雨，也縫補了許多海面的不平

南寮漁港的豪雨，要下多久就下多久
我們誰也不敢表示什麼意見！

港內的漁船一艘挨著一艘，搖晃著
捕漁的人也一個挨著一個，搖晃著

漁夫酗酒：
「六輪！七巧！兩相好啦！」
一堆空了的酒瓶，東倒西歪……

二〇〇一年十一月十九日自由時報副刊

天災乎？人禍乎？

——聞，我們趴下來就聞……

我們穿迷彩裝，趴在八八水災
土石流掩埋過的土地上；
六龜新發新開部落的土地上……

我們雖然還是好玩的大小孩，
但我們早已不玩這套
童騃幼稚的躲貓貓；
我們也不喜歡，你們跟我們玩——
這種最不好玩的生死戲碼！

已經是第十天，
土石流的災害
沒有救難黃金時間；
比水災，比地震更慘無人道！
入土為安嗎？活活被掩埋
如何入土為安？

濕淋淋，濕答答
驚慌呼號；有誰聽到！
天災乎？人禍乎？

誰才是該死的？該死的是誰
他們吃飽了！他們撐了！
他們在高樓大廈，豪宅金屋；

他們高枕無憂，他們該死而不死！

聞，我們趴下來就聞——
五體投地的，聞；
聞每一吋土地，聞每一方
大地受創的肌膚

欲哭無淚，欲語無聲；
蒼天無眼，蒼天何忍？
情何以堪……

二〇〇九年八月十八日初稿，九月二十九日修訂

附註：
讀二〇〇九年八月十八日《聯合報》頭版大幅新聞照〈國軍趴地　一吋吋聞〉。

飄流的拖鞋

飄流的拖鞋，紛紛走向大海
它們有各種不同的顏色，不同的身分
大大小小；它們的主人
都留在山區部落
永遠留在，土石流流過深埋著的底層
不見天日

飄流的拖鞋，飄流的心
喪失記憶
麕集在海灘，在大太陽底下曝曬

喪失記憶的，飄流的拖鞋
沒有方向！

漲潮了，一隻隻靜止的拖鞋
開始蠕動
一隻隻開始飄浮；一隻接一隻
離開海灘，飄浮在海上
沒入雲端
想尋找自己的主人

二〇一〇年六月二日傍晚，搭首都客運自羅東返回台北途中，無意間看到電視片段影像，心痛的連想去年九月初，在太麻里海邊看到八八水災後飄流木麕集的情況，有感而發，寫下草稿，次日上午整理。
二〇一〇年六月二十三日《中國時報》人間副刊刊載

我的海洋

海有陸地三倍大
山，有多高
海就有多深嗎？
答案未必如此單純——

人，偉大嗎？
即使你學會了游泳，在汪洋大海中
也絕對不如一條小魚
一隻小蝦……

我的海洋呀！
妳心中澎湃的浪濤，早晚升降
與太陽月亮有關：
當太陽月亮和地球成一直線——
引力最大，形成大潮；
當月亮和太陽的位置成垂直，
引力最小，形成小潮。

我的海洋呀！
我心中起伏的波浪，愛恨情仇
誰在操控？
我都逆來順受！

二〇一〇年八月十八日五點五十分初稿，中午修改完成，
研究苑

聽濤．觀佛

在最靠近太平洋
在海的臂彎，不是我一夜難眠
是她一夜反側
輾轉，以翻滾
以洶湧
以波濤

她，太平洋的海；裸露的
天體
母性的豐腴，原始大方
以柔軟

以活力
以從容
以曠野遼闊之美

在鹽寮和南聖境
造福觀音高昇
向東，在上；在暗夜
祂是一座不滅的燈塔
二十重天，八方雲集
日月朝祂
皈依

二〇一〇年五月三日，夜宿鹽寮海邊和南寺禪房

編後記　與血緣有關，與鄉土有關

——《台灣，我的血點》

血點，每個人出生的地方。

我出生在台灣的一個小農村，是宜蘭礁溪桂竹林，現在是六結村的一部分；那裡，對我們家族來說，相當重要；它是我們林家祖先遷台第一代林添郎公，兩百四十多年前從福建漳州渡海來台墾殖、定居、繁衍子孫的寶地；我是第六代。現在住在那裡近百戶人家，仍然是我們林家自己的房親；唯一異姓廖家，也是自己人——係堂姑媽的後代。

祖先為那裡取名「桂竹林」，不知最早是否種滿桂竹？從來沒聽過家族有人提問，似乎我們都不太在乎「為什麼」的問題；這本詩集，我取名「台灣，我的血點」，不直接叫「桂竹林，我的血點」，又為什麼？似乎也沒什麼大道理；要找道理，其實也不難，因為我寫桂竹林的詩太少，「桂竹林」這個地方也太小，問礁溪鄉八大村的人都未必全知道；那為什麼不說「宜蘭，我的血點」呢？當然，在台灣知道宜蘭的人一定多一些，可也未必全都知道！如果你要跟外國人說，我是「宜蘭人」，我想知道的人可能不多；我是「宜蘭人」，我要說我的「血點是宜蘭」，當然也可以；可是，我要對外國人說我是「台灣人」，我的「血點是台灣」，知道的人一定比較多；因此，我說「台灣，我的血點」，希望外國人很容易就了解我是什麼地方人；至於桂竹林、礁溪、宜蘭，本來就是台灣的一部分，永遠都屬於台灣。因此，我有資格、也有權利說：我是「台灣詩人」，我的血點就是台灣。

收在這集子裡的詩作，都與台灣有關，但不是我刻意要寫，我沒有想討好誰；詩是真誠的心聲，像我脈管中的血，該流出來就會自動流出來；寫詩，我有感而發，將我的感受、我的發現，一點一滴將自己內心的悸動沉澱書寫出來，與任何意識形態無關；但與血緣有關，與鄉土有關，與詩有關，與生命有關；所以，我寫我的詩。

我寫與台灣鄉土人文有關的這些詩，當然不夠普遍，收在這集子裡的，大多書寫北部和蘭陽地區，其他地區較少；不是我不寫，只是現在還沒寫，以後一定會再寫。所以，我前面說我寫這些詩，不是出於刻意；做任何事我都順其自然，不喜歡勉強。除了收在這裡有關寫台灣的詩之外，我年輕時還寫了幾首與台北某些街道、某些行業有關，是批判的；近年我也為兒童寫了一些，如〈春天的陽明山〉、〈冬天的基隆山〉等，沒有收進來；原因是，這兩首詩已分別被選編在台灣兩家民間版編印的國小六年級《語文》課本裡，它們的讀者一定比這本詩集的讀者多，就省些篇幅吧！

血點，是紅色的；從與母親連結的臍帶剪斷之後滴下來的第一滴血，我是不會忘記的。

二〇一三年五月六日十一點四十四分，汐止研究苑

要讀詩01　PG1039

要有光
FIAT LUX

台灣，我的血點
——林焕彰詩集

作　　者　林焕彰
責任編輯　黃姣潔
圖文排版　詹凱倫
插　　畫　林焕彰
封面設計　陳佩蓉

出版策劃　要有光
製作發行　秀威資訊科技股份有限公司
114 台北市內湖區瑞光路76巷65號1樓
電話：+886-2-2796-3638　傳真：+886-2-2796-1377
服務信箱：service@showwe.com.tw
http://www.showwe.com.tw
郵政劃撥　19563868　戶名：秀威資訊科技股份有限公司
展售門市　國家書店【松江門市】
104 台北市中山區松江路209號1樓
電話：+886-2-2518-0207　傳真：+886-2-2518-0778
網路訂購　秀威網路書店：http://www.bodbooks.com.tw
國家網路書店：http://www.govbooks.com.tw
法律顧問　毛國樑　律師
總 經 銷　易可數位行銷股份有限公司
地址：231新北市新店區寶橋路235巷6弄3號5樓
電話：+886-2-8911-0825　傳真：+886-2-8911-0801
e-mail：book-info@ecorebooks.com
易可部落格：http://ecorebooks.pixnet.net/blog

出版日期　2013年7月　BOD一版
定　　價　300元

國家圖書館出版品預行編目

台灣, 我的血點：林焕彰詩集 / 林焕彰著. -- 一版. -- 臺北市 : 要有光, 2013. 07
面； 公分. -- (要讀詩 ; PG1039)
BOD版
ISBN 978-986-89516-6-2 (平裝)

863.51 102014254

讀者回函卡

感謝您購買本書，為提升服務品質，請填妥以下資料，將讀者回函卡直接寄回或傳真本公司，收到您的寶貴意見後，我們會收藏記錄及檢討，謝謝！

如您需要了解本公司最新出版書目、購書優惠或企劃活動，歡迎您上網查詢或下載相關資料：http:// www.showwe.com.tw

您購買的書名：________________________________

出生日期：________年________月________日

學歷：□高中（含）以下　□大專　□研究所（含）以上

職業：□製造業　□金融業　□資訊業　□軍警　□傳播業　□自由業
□服務業　□公務員　□教職　□學生　□家管　□其它_____

購書地點：□網路書店　□實體書店　□書展　□郵購　□贈閱　□其他

您從何得知本書的消息？

□網路書店　□實體書店　□網路搜尋　□電子報　□書訊　□雜誌
□傳播媒體　□親友推薦　□網站推薦　□部落格　□其他__________

您對本書的評價：（請填代號　1.非常滿意　2.滿意　3.尚可　4.再改進）

封面設計____　版面編排____　內容____　文／譯筆____　價格____

讀完書後您覺得：

□很有收穫　□有收穫　□收穫不多　□沒收穫

對我們的建議：________________________________

____

____

____

請貼
郵票

11466
台北市內湖區瑞光路 76 巷 65 號 1 樓
秀威資訊科技股份有限公司 收
BOD 數位出版事業部

（請沿線對折寄回，謝謝！）

姓　　名：________________　年齡：________　性別：□女　□男

郵遞區號：□□□□□

地　　址：____

聯絡電話：（日）________________（夜）________________

E-mail：____